VENTE

DE TABLEAUX

ANCIENS & MODERNES

FÉVRIER 1894.

PARIS

IMPRIMERIE CH. COUTRY

35- Passage du Caire, 35

CATALOGUE

DE

TABLEAUX

AQUARELLES, DESSINS, GRAVURES

TAPISSERIES, BRONZES, MARBRE

dont la Vente aura lieu

HOTEL DROUOT, SALLE N° 10

Le Mercredi 21 Février 1894

à 2 h. 1/2 très précises

EXPOSITION

Le Mardi 20 Février 1894, de 2 h. à 6 heures

Mᵉ G. COULON	M. LASQUIN
Commissaire-Priseur	Expert
56, Faubourg Montmartre	12, Rue Laffitte

Chez lesquels se distribue le Catalogue

CONDITIONS DE LA VENTE

Elle sera faite au comptant.

Les acquéreurs paieront 5 0/0 en plus du prix d'adjudication.

TABLEAUX

AQUARELLES, DESSINS

GRAVURES

1 - BAUDRY (Paul). Deux esquisses.

Esquisses de deux Trumeaux ayant servis à la décoration de la Chambre du Prince Impérial.

2 - BASTIEN-LEPAGE. Petit Ramoneur.

Aquarelle.

3 - BAUDOUIN (Genre de). L'Indiscret.

Peinture sur cuivre.

4 - BAUDOUIN (Genre de). Le Curieux.

Peinture sur cuivre.

5 - BENASSIT. Cavalier Louis XV.

Aquarelle.

6 - BERNARD (1846). Portrait de Jeune Femme.

Miniature sur ivoire.

7 - BLAIRAT. Jeune Femme.

Aquarelle.

8 - BOLDRINI. Ebriété.

Etude peinte.

9 - BOURGOIN, Fleurs dans un vase.

Aquarelle.

10 - CHARDIN. (Genre de). Le Château de cartes.

11 - CHARLET. Armée en marche.

(Dessin réhaussé 1833.)

12 - DE COURTEN. Le Cuisinier.

Aquarelle.

13 - CORMON. Tête de jeune Femme.

Étude.

14 - DAMERON. Embouchure de Fleuve.

15 - DUHAMEL. Paysage.

16 - DEMONT BRETON. Intérieur de marins.

Eau-forte avant la lettre.

17 - DESBOUTINS. Portrait de l'Auteur.

Eau-forte.

18 - DIAZ (Eug.). Paysage.

19 - DESPORTES. Chasse au Sanglier.

20 - A. DE DREUX. Amazone

65 21 - EZPELETO. Carmen.
Aquarelle.

12 22 - ÉCOLE MODERNE. Tête de Femme.
Étude.

280 23 - ÉCOLE FRANÇAISE (1830). Portrait de
Femme avec Chapeau de paille d'Italie.

330 24 - ÉCOLE FRANÇAISE. Portrait de Femme
assise accoudée sur une table.
(Pastel du XVIIIme Siècle.)

75 25 - ÉCOLE ITALIENNE. Le Triomphe de Vénus
Peinture sur ardoise.

96 26 - ÉCOLE ITALIENNE. Neptune et Amphy-
trite. Peinture sur ardoise.

42 27 - ÉCOLE ITALIENNE. Joseph et Putiphar.

27 28 - ÉCOLE ITALIENNE. Vierge.

380 29 - FORAIN. Femme à l'Eventail.
Pastel.

120 30 - FORAIN. Au Bord de la Mer.

5 31 - FOURNIER Dragon.
Aquarelle.

2.446 32 - FRAGONARD (d'après). L'Escarpolette.
Gravure.

22 33 - GAVARNI. Dessin.

70 34 - GŒNEUTTE (Norbert). Jeune Femme dres-
       sant un bouquet dans un vase.

45 35 - GŒNEUTTE (Norbert). Lavandière.

45 36 - GILL (André). Femme au Bock.

100 37 - GILL (André). Le Violoniste.
       Très beau dessin réhaussé.

19 38 - GRÉVIN. A l'Atelier.
       Dessin.

52 39 - GUARDI (attribué à). Vue de Venise.
       Aquarelle.

145 40 - HAWKINS. Jeune Femme assise dans
       l'herbe.

76 41 - HAWKINS. Paysage.
       Aquarelle.

87 42 - HAWKINS. Portrait de vieille Femme.
       Dessin.

27 43 - HAWKINS. Etude de Femme.
       Dessin.

20 44 - HAWKINS. Paysage.
       Etude.

45 - HAWKINS. Bretonne assise.
Etude.

46 - HAWKINS. Paysage.
Etude.

47 - HAWKINS. Paysage.
Etude.

48 - HAWKINS. Eau-forte avant la lettre.

49 - HERMANN (Léo). La Rencontre.
Beau dessin à la plume.

50 - HEYRAULT. Portrait de M. de la Rochette.

51 - HUET. Enfant dressant un Chien.
Sanguine.

52 - HUBERT ROBERT (Attribué à). Le Torrent

53 - INNOCENTI. Idylle.

54 - INNOCENTI. Soudards attablés et buvant.

55 - JOHN LEVIS BROWN. Etude de Cheval.
Cadre ancien Louis XIII.

56 - LAUNAY. Tambour.

57 - E. LAMI. Cavaliers et Amazones.
Aquarelle.

58 - LÉONCE. Plage.

59 - MEURANT. Fleurs dans un vase.

60 - MÉRY. Escalier intérieur.
Aquarelle.

61 - MÉRY. Intérieur de Cour.
Aquarelle.

62 - MONTICELLI. Vue de Venise.

63 - MONTICELLI. Chasseur.

64 - MOROT (Aimé). Deux Gravures.

65 - MOREAU (Louis). Deux Gouaches dans un
cadre.

66 - NOTERMAN. La Rixe.

67 - NOTERMAN. Leçon de Chant.

68 - NOVION. Le Vieux Lancier.
Aquarelle.

69 - PATUSSI. Bœufs dans la Campagne ro-
maine.

70 - PATUSSI. Vue de Rome.

71 - PATUSSI. Vue de Rome.

72 - PLASSAN. La Sieste.

73 - PLASSAN. La Toilette.

74 - PORTAIL. La lettre deux figures de Jeunes
Femmes. Beau dessin dans un cadre ancien.

75 - RANVIER (J.) Etude de Femme.

76 - RAFFET. Grenadier de la Garde.
Dessin réhaussé.

77 - ROULLET. Hué.

78 - ROULLET. Baie d'Alung.

79 - ROUBY. Les Canotiers.
Paysage.

80 - SOMMS (Louis). Japonaises. Aquarelle.

81 - TENIERS D. (Attribué à) Intérieur de Bou-
cherie.

82 - TRISTAN LACROIX. Paysage.
Effet de nuit.

83 - TROUPEAU. Fleurs.
Gouache.

84 - URANGA. Course de Taureaux.

85 - VALENTIN. Paysage.
Bords de rivière.

86 - VEYRASSAT. Chevaux de halage.
Aquarelle.

87 - VAN SPAENDONCK. Fruits et Fleurs.

88 - YON. Pensées.

Aquarelle.

89 - Trois Eaux-fortes pour Illustration.

(Dans un cadre)

90 - Sous ce numéro, un Carton de Dessins.
Gravures, Photographies, etc..

91 - Sous ce numéro, Tableau omis.

TAPISSERIES

92 - Une grande Tapisserie de Felletin avec
bordure. (Verdure et Oiseaux.)

93 - Une autre semblable.

94 - Une Verdure.

95 - Une Verdure.

96 - Une Verdure.

97 - Une Tapisserie (décor grands personnages).

98 - Un Tapis au petit point (XVIIIme Siècle).

BRONZES & OBJETS D'ART

99 - CECIONI. Enfant au Cep.

Bronze.

100 - DAMPT. Enfant en prière.

Bronze de Barbedienne.

101 - RANCOULET. Hercule terrassant l'Hydre.

Bronze.

102 - SALOMON. Lutteurs. Bronze.

MARBRE

103 - Statuette d'enfant couché de l'époque de Louis XIV.

VELOURS DE GÊNES

104 - Un Coupon ancien.

RED. :

17

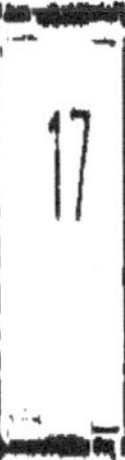

MIRE ISO N° 1
NF Z 43-007
AFNOR
Cedex 7 - 92080 PARIS-LA-DÉFENSE
379.89.70
graphicom
0 1 2 3 4 5 6 7 8 9 10

BIBLIOTHEQUE NATIONALE DE FRANCE

****

CHATEAU DE SABLE

1996